AF335808

Collection LASSOUCHE

ESTAMPES

DESSINS — TABLEAUX

MINIATURES

Livres Illustrés, etc.

COMMISSAIRE-PRISEUR
M° MAURICE DELESTRE

EXPERTS
H. G. RAPILLY
MM. PAULME & H. LASQUIN FILS

CATALOGUE

DES

ESTAMPES

DESSINS — TABLEAUX

MINIATURES

BONBONNIÈRES, BOITES

Livres illustrés relatifs au

THÉATRE

PORTRAITS, COSTUMES, CARICATURES

PROVENANT DE LA

Collection de M. LASSOUCHE, Artiste-Dramatique

DONT LA VENTE AUX ENCHÈRES AURA LIEU

HOTEL DES COMMISSAIRES-PRISEURS, Rue Drouot, N° 9

SALLE N° 9

LE SAMEDI 19 JANVIER 1907

à deux heures précises

COMMISSAIRE-PRISEUR

M° MAURICE DELESTRE, 5, rue Saint-Georges

EXPERTS

M. GEORGES RAPILLY,	**MM. PAULME et B. LASQUIN FILS**
9, quai Malaquais	10, rue Chauchat	12, rue Laffitte

PARIS

EXPOSITION PUBLIQUE

Le Vendredi 18 Janvier 1907, de 2 heures à 6 heures

CONDITIONS DE LA VENTE

Elle sera faite au comptant.

Les adjudicataires paieront *dix pour cent* en sus des adjudications.

Les experts se réservent la faculté de rassembler ou de diviser les lots.

ORDRE DE LA VACATION

Paris. — Imp. de l'Art, Ch. Berger et Cie, 41, rue de la Victoire.

DÉSIGNATION

ESTAMPES ET DESSINS

ALOPHE (Menut)

1 — *Panorama lithographique; scènes de mœurs.*

Quatre lithographies coloriées, publiées chez Aubert.

Curieuses pièces à coulisses.

BAUDOUIN (D'après)

2 — *Le Midi.*

Gravé par de Ghendt. Epreuve sans marges. Encadrée.

BENJAMIN (B. Roubaud, dit)

3 — *Grand Chemin de la postérité : les Hommes de lettres et les Acteurs.*

Trois lithographies, gr. in-fol. en largeur. On y a joint le calendrier pour 1844. Rare.

4 — *Panthéon charivarique.*

Série de portraits-charges.

Cinquante lithographies noires ou coloriées.

BLACKMORE

5 — *Portrait d'une Jeune Femme.*

Gravé à la manière noire, d'après F. Hals, in-fol. Belle épreuve. Encadrée.

BOILLY (Louis)

6 — *Les Grimaces.*

> Trente-deux lithographies in-4°, coloriées.

BOILLY (D'après Louis)

7 — *Son Portrait. — La Précaution. — Scènes de voleurs. — Jean qui rit et Jean qui pleure.*

> Ensemble, six pièces in-fol.

8 — *Scènes de voleurs.*

> Deux pièces faisant pendants. Epreuves sans marges et encadrées.

BOILLY et Mlle GÉRARD

9 — *Avant la Toilette. — La Leçon de musique.*

> Deux pièces in-fol. en hauteur.
> Belles épreuves imprimées en couleurs, avant toutes lettres, avec marges.

BOZE (D'après J.)

10 — *Portraits de Louis XVI et de Marie-Antoinette.*

> Deux pièces in-fol., gravées par Henriquez et Miger. Encadrées.

CALLOT (J.)

11 — *L'Éventail.* (M. 617.)

> Epreuve encadrée.

CARICATURES

12 — *Le Sérail en boutique*, deux pièces. — *Les Bains à la mode* (Bains Vigier).

> Ensemble, trois pièces coloriées, publiées chez Martinet, Basset et Depeuille.

CARICATURES

13 — *Musée pour rire. — Pièces sur les mœurs et le costume. — Portraits-Charges. — Pièces sur les Saint-Simoniens.*

Environ cent vingt pièces, par ou d'après Daumier, Gavarni, Grévin, Bouchot, Pigal, etc., la plupart en couleur.

COSTUMES ET MODES

14 — *Le Costume parisien*, par La Mésangère.

Environ cent pièces coloriées.

15 — *La Pension de jeunes demoiselles. — Cours complet d'éducation du XIX° siècle. — Le Fruit équivoque. — Coiffures et Chapeaux.*

Quatre pièces in-fol., coloriées.

16 — *Costumes historiques* (portraits en pied), dessinés par Lanté et gravés par Gatine, seize pièces.

Costumes historiques, par Herbé, trente-six lithographies.

Ensemble cinquante-deux pièces, in-4°, coloriées.

17 — *Réunion de pièces, anciennes et modernes. Sur le costume et la mode, les coiffures, les perruques, etc.*

Environ cent pièces, la plupart coloriées, par Pauquet, Duhamel, Martinet, etc.

CRUIKSHANK (G.)

18 — *Le Palais-Royal de Paris, 1835.*

Caricature coloriée. Encadrée.

DAUMIER (Honoré)

19 — *Types Parisiens. Croquis d'expressions, caricatures diverses, etc.*

Vingt-deux lithographies in-4°.

DESRAIS

20 — *Le Couronnement de Voltaire. Costume de femme.*

Deux pièces gravées par Dupin et Voysard.
Epreuves encadrées.

DESSINS ET AQUARELLES

BOILLY (Attribué à)

21 — *Portrait de Mme Chénard, de l'Opéra-Comique,
1810.*

Dessin au crayon noir rehaussé. Encadré.

COSTER-VALLAYER (Mme)

22 — *Bouquet de roses.* Étude.

Gouache signée et datée : *an XII.* Cadre en bois
sculpté.

DESLANDES

23 — *Louis XVI jeune devant l'histoire.* Sujet allégorique.

Curieuse gouache peinte sur verre, signée et
datée : *1766.* Au verso, le comte d'Artois en costume de colonel des dragons de la Reine. Cadre de
l'époque.

ÉCOLE FRANÇAISE

24 — *Étude de main tenant une coupe.*

> Dessin au pastel. Cadre en bois sculpté.

25 — *Portrait présumé de M*^lle *de Blois, en costume de Diane, assise dans une grotte.*

> Belle gouache. Cadre ancien.

26 — *Portrait d'une Jeune Femme en Madeleine, couchée dans une grotte.*

> Gouache dans un cadre en bois sculpté. Au verso, dédicace au Marquis de Tilly, ministre plénipotentiaire du Roy à la cour Palatine, 1750.

27 — *Jeune Femme en buste, costume Louis XVI.* Pièce de forme ronde.

> Dessin aux deux crayons. Encadré.

28 — *Portraits présumés de Brizard, de la Comédie-Française.*

> Deux superbes dessins à la sanguine. Encadrés.

29 — *Vue d'un jardin à Arcueil* (XVIIIe siècle).

> Dessin au crayon noir, rehaussé de gouache. Cadre ancien.

30 — *Étude académique de Femme.*

> Dessin au crayon noir, rehaussé de gouache sur papier teinté. Encadré.

31 — *Portrait d'Homme. — Scène biblique. — L'Incendie. — Paysage avec ruines.*

> Quatre dessins, par ou d'après Cochin, Larue, Delaroche, etc.

ÉCOLE FRANÇAISE

32 — JOLY. *Portrait de l'acteur Hypolite dans le rôle de Pierrot (Vaudeville), à table, une bouteille à la main.*

Aquarelle signée. On y a joint la gravure coloriée, publiée chez Martinet.

33 — LANTARA. *Paysage avec ruines, 1778.* Pièce de forme ronde.

Dessin au crayon noir, rehaussé de gouache. Encadré.

34 — LEMOINE. *Portrait d'une Jeune Femme en buste, 1785.*

Dessin, de forme ovale, dans un cadre en bois sculpté.

35 — MAURISSET. *Cavalcade humoristique de la Mode, du Théâtre et des Mœurs.*

Deux grandes pièces en forme de frises.
Aquarelles signées et datées : *1835.* Encadrées.

36 — PORTRAITS D'ACTEURS : Costumes de théâtre. *Têtes de Femmes.*

Dix-huit dessins ou aquarelles, par Poterlet, Maleuvre, Dreux-Dorcy, etc.

37 — *Portraits d'Acteurs et d'Actrices : Rachel,* Mlle Dupont, *etc. — Costumes de théâtre.*

Quinze dessins ou aquarelles, par ou d'après Borionne, Darjou, Béthune, Edel, Benjamin, etc.

DEVÉRIA

38 — *Portraits d'Actrices. — Costumes.*

Cinq lithographies in-folio, dont trois sont coloriées.

DIVERS

39 — *Le Bain de Léda. — Vénus. — Le Fleuve Scamandre. — Costumes de Femmes. — Guliver, etc.*

Vingt-cinq pièces.

ÉCOLE FRANÇAISE

40 — *Homme et Femme de qualité*, par de Saint-Jean, *1693. — Fêtes de Versailles*, quatre pièces gravées par Le Pautre. — *Pompe funèbre de Marie-Thérèse d'Espagne, 1746*, par C.-N. Cochin; ensemble sept pièces in-folio.

ECOLE FRANÇAISE (xviiⁱᵉ siècle)

41 — *Fêtes dans un parc.*

Deux pièces in-4°.
Epreuves coloriées. Encadrées.

42 — *Le Repos de la volupté. — La Toilette interrompue.*

Deux petites pièces de forme ronde.
Belles épreuves, la première imprimée en couleurs. Encadrées.

43 — *Portraits de Jeunes Femmes.*

Deux pièces de forme ovale.
Belles épreuves imprimées en couleurs, sans marges. Cadres de forme ovale en bois sculpté, avec nœuds de rubans.

ÉCOLE FRANÇAISE (XVIIIe siècle)

44 — *Sujets galants.*

Deux pièces en couleurs de forme ovale. Encadrées.

45 — *L'Amour veille.*

Charmante petite pièce de forme ovale.
Belle épreuve imprimée en couleurs, avec marges.
Encadrée.

46 — *L'Alliance de la Musique et de la Comédie. — Triomphe de la peinture. — Honny soit qui mal y pense et son pendant. — Les Modèles.*

Cinq pièces in-folio, d'après Watteau, Lagrenée, Caresme, Le Prince.

47 — *Andromaque.— Les Laveuses.— Amour tenant une colombe. — Le Mouchoir du Sultan et Jolie Fatime. — Portrait de Marie-Thérèse, etc.*

Sept pièces in-4° et in-folio, en couleur ou en bistre, par ou d'après Demarteau, Leprince, Boucher, Caresme, etc.

FRAGONARD (D'après)

48 — *La Gimblette*, réduction, gravée par Picot et publiée à Londres, sous le titre : *New Thought*, in-18° de forme ronde.

Charmante petite pièce, imprimée en couleurs, avec marges. Cadre doré.

GAVARNI

49 — *Les Enfants terribles. — La Boîte aux lettres. — Nouveaux travestissements, etc.*

Vingt-cinq lithographies, la plupart coloriées.

GREVEDON

50 — *Portraits d'actrices* : Mlle *Mars, Cornélie-Falcon,* Mlle *Plessy,* Mlle *Prévost,* Mme *Albert,* Mlle *Noblet, etc.*

Onze lithographies in-folio, dont une coloriée.

51 — *Marie-Amélie. — Hélène, duchesse d'Orléans. — Portraits de fantaisie.*

Vingt lithographies in-folio, la première est coloriée.

LE PRINCE (D'après)

52 — *La Chercheuse d'esprit. — Le Tendre amusement.*

Deux petites pièces in-4°, gravées par Bonato et Testolin.
Epreuves coloriées. Encadrées.

MONNIER (Henry)

53 — *Les Boutiques.*

Suite de six lithographies coloriées.

54 — *Les Grisettes.* Titre et onze pièces in-4°. — *Portrait d'Odry et de* Mlle *Déjazet.*

Ensemble quatorze lithographies coloriées.

PARIS

55 — *Vues du théâtre des Variétés et de l'Opéra. — Le Château-d'eau au boulevard St-Martin.*

Quatre pièces in-folio, par Lallemand, Courvoisier et Benoist, la dernière coloriée.

PORTRAITS

56 — *Portraits de personnages célèbres*: *Buffon, Piron, Beaumarchais, Diderot, Crébillon, Mirabeau, Bergasse, Marquise du Châtelet, etc.*

Vingt-trois pièces, gravées sur cuivre. On y a joint une adresse de Veuve Lecaux et Cie, à Soissons, gravée par Levasseur.

57 — *Mme Du Gazon*, par Le Beau. — *Mlle Sylvia et Thomassin* (Théâtre Italien, *1725*). — *Bertinazzi, dit Carlin.* — *Le diner du peintre Casanova.* — *Pilâtre de Rozier.*

Cinq petites pièces. Encadrées.

RÉVOLUTION

58 — *La Mort de Louis XVI.* — *The Martyr of Equality.* — *Portrait de Louis XVII.* — *Louis XVII chez Simon.*

Six pièces in-4° et in-folio, dont une coloriée.

59 — *Portraits de Charlotte Corday et de Marat.* — Deux pièces, gravées par Levachez et Duplessis-Bertaux. — *Portrait de Charlotte Robespierre*, lithographie, par Lecler, 1834 ; ensemble trois pièces in-folio. Encadrées.

THÉATRE

60 — *Portrait de Mme Favart, en pied et en costume de bergère, dans le rôle de Bastienne*, gravé par Daullé 1754, d'après Vanloo, in-folio. Encadré.

61 — *La Petite Loge ou l'Archi-fou (Cambacérès).* — *Le ci-devant Jeune Homme.* — *Les Montagnes russes au théâtre des Variétés* ; ensemble trois pièces in-folio, gravées sur cuivre et coloriées.

THEATRE

62 — *Portraits d'actrices*. Environ soixante pièces anciennes et modernes, quelques-unes en couleur. — *Forioso ou la Contredanse sur quatre cordes* (n° 25 du Bon Genre).

63 — *Portraits d'acteurs et d'actrices : Odry, Bardou, Amant, Félix, etc. Mmes Ugalde, Pasta, Doche, Léontine, etc.*

Onze lithographies, par Daum[...], Dollet, Alophe, Charlet, etc. ; plusieurs sont coloriées.

64 — *Portraits d'acteurs et d'actrices. — Portrait d'Henri Monnier.*

Environ cinquante pièces par Carjat, André Gill, Colin, etc.

65 — *Portraits d'acteurs et auteurs dramatiques, etc. ; Vues de Théâtres.*

Environ quarante-cinq pièces in-8°, noires ou coloriées.

66 — *Portraits d'acteurs et d'actrices.*

Quatre-vingts pièces, extraites de la Galerie des artistes dramatiques, par Lacauchie.

LIVRES ET ALBUMS

67 — **Almanachs illustrés**. 18 vol. in-12, cartonnés ou reliés.

> L'Union lyri-comique. — Le Petit Œdipe, an V. — Les Spectacles de Paris, 1766. — Étrennes grivoises, 1818. — La Lanterne magique. — L'Anacréon des Dames.— L'Écho des Bardes, 1819. — Théâtre des Dames, 1817. — Le Furet des salons. — Almanach des spectacles, 1820-22, 4 vol. — Souvenir d'amour, 1830.— Comic-Almanach, 1839-1842, etc.

68 — **Ballons** (Ouvrages sur les). Réunion de 9 vol. in-4° et in-8°, br. ou rel.

> Description des expériences de la machine aérostatique de MM. de Montgolfier, par Faujas de Saint-Fond, 1783, 2 vol. — Des Ballons aérostatiques, de la manière de les construire, de les faire élever, 1784. — L'Art de voyager dans les airs ou les ballons, 1784. — La Vie et les Mémoires de Pilâtre de Rozier, 1786.— *La Minerve*, vaisseau aérien, par Robertson, 1820. — Relation aérostatique, par le docteur Potain, 1824. — La Navigation aérienne, par Lecornu, etc.

69 — **Beaux-Arts**. 11 vol. in-8° et in-12, br. et rel.

> Watin, l'Art du peintre doreur vernisseur. — Planche, Études sur l'école française. — Silvestre, le Nu au Salon, 1896. — Guédy, Dictionnaire des peintres, etc.

70 — **Béranger**. Chansons contenant 53 gravures sur acier, d'après Charlet, de Lemud, Johannet, etc,, etc. *Paris*, 1869, 2 vol. in-8°, demi-chag. rouge, coins. — Musique des Chansons de Béranger, 5ᵉ édit. *Paris*. *Perrotin*, 1851, 1 vol. in-8°, demi-percal. — Œuvres complètes de Béranger, nouvelle édit., ornée de 44 grav. sur acier. *Paris*, *Perrotin*, 1843, 2 tomes en un vol. in-12, demi-veau bleu. Ensemble 4 vol.

71 — **Caricatures** et **Costumes**. Le Hanneton ; la Lune ; les Toilettes de nos grand'mères ; Boum ! Voilà, par Gerbault ; l'Album ; Vanity fair ; le Décolleté et le Retroussé ; le Musée galant ; Napoléon, *Hachette ;* Chants nationaux de tous les pays.

72 — **Catalogues** de Tableaux, Dessins, Estampes, Objets d'art, etc. Coll. Febvre, Josse, Eudel, Edwards, Delcoux, Smith, Adam, Dupré, Heseltine, Bourgeois frères, etc. Environ 80 catalogues, la plupart illustrés.

73 — **Cham**. Mœurs britanniques, 15 lithographies coloriées. — Les Madeleines, variété de l'espèce lorettes, 20 lith. coloriées. — Les Tortures de la Mode. — Bal masqué, croquis militaire, ces Bons Chinois, Souvenirs comiques de l'an 1858, Olla-Podrida, odyssée de Pataud, 9 albums in-4°, cart. ou br.

74 — **Costumes**. Revue de la Mode, 1885-1897, recueil factice d'environ 500 pl. coloriées, rel. en 3 vol. in-4°, demi-toile.

75 — **Daumier** (Honoré). 20 lithogr. coloriées, extraites de différentes suites : Tout ce qu'on voudra, Profils contemporains, les Alarmistes et les Alarmés, les Artistes, etc. In-4° cart.

76 — **Delvau** (Alfred). Les Cythères parisiennes. Histoire anecdotique des bals de Paris, avec 24 eauxfortes et un frontispice de Félicien Rops et Émile Thérond. *Paris, Dentu,* 1864, in-12, fig. sur Chine collé, broché (couv. illus.).

Édition originale.

77 — **Delvau** (A.). Histoire anecdotique des Barrières
de Paris. *Paris, Dentu*, 1865, in-12, br. (avec 10
eaux-fortes, par E. Thérond). — Histoire anecdotique des cafés et cabarets de Paris. Avec dessins et
eaux-fortes de G. Courbet. L. Flameng, F. Rops.
Paris, Dentu, 1862, in-12, br. (2 ex.).

    Éditions originales.

78 — Dictionnaire de la Langue verte, 2e édit. *Paris,
Dentu*, 1867, in-12, br. (ex. sur Hollande). — Le
même, *Paris, Dentu*, 1866, in-12, demi-chag. vert. —
Dictionnaire érotique moderne, *Bâle*, s. d., in-8°,
demi-chag., n. rogn.

79 — Œuvres ; 12 vol. in-12, br. ou rel.

    Les Dessous de Paris, 1860, eau-forte de Flameng. —
Lettres de Junius, 1862. — Du Pont des Arts au Pont de
Kehl, 1866, front. par Bénassit. — Mémoires d'une honnête
fille, 1865, portr. par Stall (2 ex.). — Le Fumier d'Ennius,
1865, eau-forte de Flameng.— A la Porte du Paradis, 1867.
Le Grand et le Petit trottoir, 1866. — Les Lions du jour,
1867 (2 ex.). — Les Sonneurs de sonnets, 1867. — Henri
Mürger et la Bohême, 1866. On y a joint : l'Aimable fau-
bourien, une eau-forte de Flameng en 3 états pour illustrer
les Dessous de Paris, et 3 portraits de Delvau.

80 — **Doré** (Gustave). La Ménagerie parisienne, album
de 24 lithog. — Les différents publics de Paris, front.
et 20 lithog. ; ensemble 2 vol. in-4° oblongs, car
ton. et br.

81 — **Duvert** et **Lauzanne**. Théâtre, 1824-1858, environ 110 br. in-8°, réunies en 4 cartons.

    Curieuse collection.

82 — **Galerie des artistes dramatiques** de Paris. 100 portraits en pied, dessinés d'après nature, par Lacauchie et accompagnés de notices littéraires et artistiques, par MM. A. Dumas, Berlioz, Bouchardy, E. Briffault, E. Arago, F. Soulié, H. de Balzac, J. Janin, Mallefille, etc. *Paris, Marchand,* 1841-1844. 100 livraisons in-4°, 100 portraits sur Chine non rogn. dans leurs couvertures et renfermés dans 3 porte feuilles.

83 — **Gavarni**. Souvenirs du bal Chicard, album de 20 lithog. coloriées, in-4°, cart. percal.

84 — **Herbé**. Costumes français civils, militaires et religieux, depuis les Gaulois jusqu'à 1834. *Paris,* s. d. in-4°, demi-rel.

> Cent planches en couleur et vingt notices historiques. Avec le supplément: examen critique et preuve.

85 — **Het Groot** taferel der dwaasheid, 1720, in-folio, veau ant., dos orné.

> Recueil de caricatures sur le système de Law.

86 — **Jouy**. La Vestale, tragédie lyrique en 3 actes. *Paris, Didot,* 1807, veau fauve, tr. dorée.

> Envoi de l'auteur à Le Gouvé.

87 — **La Fontaine**. Œuvres complètes. *Paris, Lefèvre,* 1814, 6 vol. in-8°, veau marbré, tr. dorée.

> Avec les figures de Moreau.

88 — **Le Sage** et **d'Orneval**. Le Théâtre de la Foire ou l'Opéra-Comique. *Paris,* 1721-1737, 10 vol. in-12°, veau ant. tr. r.

> Enrichi d'estampes en taille-douce.

89 — **Livres illustrés du XVIIIe siècle.** 22 vol. in-8°, reliés.

> La Pucelle d'Orléans, par Voltaire, an VII. — De la Saltation théâtrale, par l'Aulnaye, 1790. — Guillaume de Nassau, par Bitaubé, 1775. — Londres et ses environs, 1788, etc.

90 — **Livres illustrés du XIXe siècle.** Réunion de 50 vol. in-8° et in-12°, la plupart illustrés, br. et rel.

> Histoire de Napoléon, par Norvins, 1808. — Histoire de Gil Blas, par Lesage, 1838. — Vie privée et publique des animaux, vignettes par Grandville, 1867. — Les Seins dans l'histoire, 1903. — Les Fables de la Fontaine, filtrées par Aurélien Scholl, 1886. — Ombres et vieux murs, par Vitu, 1876, gr. papier. — Ouvrages d'Henri Monnier, Monselet, Alph. Karr, etc. — Lavater.

91 — **Madou.** Rébus, étrennes pittoresques, suite de 40 lithog. coloriées, in-4°, demi-reliure.

92 — **Mémoires** de Mlle Flore, artiste du théâtre des Variétés. *Paris*, 1845, 3 vol. in-8°, cartonn. toile.

93 — **Monnier** (Henri). Les Grisettes. *Lith. de Delpech*, suite de 6 pièces coloriées in-4° oblong, cart. percal.

94 — **Ordonnance** et instruction selon laquelle se doivent conduire et régler les Changeurs ou Collectionneurs des pièces d'or et d'argent deffendues, rognées, usées, etc. *Anvers*, 1633, in-fol. cart. — Vorstellung Verschéedener. Porte-Chaise. *Nurnberg*, *Christ. Weigel*, 1737, in-fol., rel. veau, ens. 2 vol.

95 — **Paris.** Réunion de 7 vol. in-4° et in-8°, br. ou rel.

> Legrand et Landon. Description de Paris et de ses édifices, 1806, 2 vol. — Paris pittoresque, 1842, 2 vol. — Les Boulevards de Paris, avec eaux-fortes de Martial, 1878. — Paris à travers l'histoire, par Robida. — Paris anecdotes par Privat d'Anglemont, 1875.

96 — **Piganiol de la Force**. Description de Paris, de Versailles, de Marly, de Meudon, de Saint-Cloud, de Fontainebleau et de toutes les autres belles maisons et châteaux des environs de Paris. *Paris*, 1742, 8 vol. in-12, veau ant., fig.

97 — **Portraits et Costumes**. 6 vol. in-fol. et in-8°, rel. et br.

> Frond, La Maison d'Orléans. — Petit Courrier des dames, 1859. — Uzanne, la Femme et la Mode, 1892. — Mesdames nos aïeules, dix siècles d'élégances, par Robida. — Un Siècle de Modes féminines, etc.

98 — **Prud'homme**. Révolutions de Paris. *Paris*, 1790-1793, 17 vol. in-8°, demi-bas.

> Environ 200 fig. hors texte.

99 — **Révolution**. Réunion de 12 vol in-4° et in-8°, br.

> Affaire du Collier. — Lenôtre, la Captivité et la Mort de Marie-Antoinette, le Marquis de Roueri, le Baron de Batz. — Feuillet de Conches, Louis XVI. Marie-Antoinette et Mme Elisabeth, tome IV. — Marat, les Chaines de l'esclavage. — D'Héricault, Thermidor, etc.

100 — **Riccoboni**. Histoire du Théâtre italien. *Paris*, 1730, in-8°, veau ant., tr. rouge.

> Frontispice et 17 pl. gravées sur cuivre.

101 — **Théâtre**. Réunion de 45 vol. in-8° et in-12, br. ou rel.

> Les Œuvres diverses de M. de Cyrano de Bergerac, 1710, 2 vol. — Théâtre des boulevards ou Recueils des parades, 1756, 3 volumes. — Anecdotes dramatiques, 1775, 3 vol. — Essai sur l'architecture théâtrale, par Patte, 1782. — Album des théâtres, par Guyot et Debacq, 1737. — La Folle journée, ou le Mariage de Figaro, par Caron de Beaumarchais,

1785. — Mémoires de Sophie Arnoult, 1837, 2 vol. — Galerie historique des Acteurs du Théâtre-Français, par Lemazurier, 1810, 2 vol. — Rachel et la Tragédie, par J. Janin, 1861. — Th. Muret, l'Histoire par le théâtre, 1865, 3 vol., etc., etc.

102 — **Théâtre**. Importante collection de plus de 300 pièces de théâtre, dont quelques-unes fort rares, publiées depuis la fin du XVIIIe siècle jusqu'à nos jours.

103 — **Vitu** (Aug.). Paris. — *Paris*, s. d., gr. in-4°, chag. vert.

450 dessins inédits d'après nature.

TABLEAUX ANCIENS
CADRES EN BOIS SCULPTÉ

104 — ÉCOLE ANGLAISE. *Gravure coloriée.*
> Pièce satyrique sur les modes.

105 — ÉCOLE FRANÇAISE. *Bouquet de fleurs.*
> Bois. Cadre noir.

106 — ÉCOLE FRANÇAISE. *Vases d'orfèvrerie.*
> Toile. Cadre en bois sculpté.

107 — ÉCOLE FRANÇAISE. *Portrait de Jeune Femme, vue de face.*
> Toile.

108 — ÉCOLE FRANÇAISE. *Portrait de Jeune Femme en Arlequine.*
> Toile. Cadre en bois sculpté.

109 — ÉCOLE FRANÇAISE. *Portrait de Femme assise, deminue, la chevelure défaite.*
> Toile.

110 — ÉCOLE ITALIENNE. *Portrait d'Homme, en habit Louis XV, tenant un masque.*
> Toile. Bordure en bois sculpté.

111 — BERTIN. *Paysage avec figures et animaux.*
> Toile. Cadre en bois sculpté.

112 — Caresme (Attribué à Ph). *Érigone et les Amours.*
Toile. Bordure en bois sculpté.

113 — Greuze (D'après J.-B.). *La Dévideuse, trompe-l'œil.*
Toile.

114 — Largillière (École de). *Portrait présumé de la Duchesse d'Orléans, femme du Régent.*
Toile ovale. Cadre en bois sculpté.

115 — Pillement (Genre de J.). *Paysage.*
Toile. Cadre en bois sculpté.

116 — Rigaud (Ecole de H.). *Portrait de Femme en riche costume.*
Toile. Bordure en bois sculpté.

117 — Romney (D'après). *Portrait de Femme.*
Sur bois, de forme ovale.

118 — Taunay (N.). *Paysage d'Italie, animé de figures.* Signé.
Toile. Cadre en bois sculpté.

119 — Cadres anciens en pâte ou en bois sculpté et doré. (Sera divisé.)

MINIATURES ET BONBONNIÈRES

ANCIENNES

CADRES A MINIATURES

120 — Miniature ovale : Jeune femme décolletée. Cadre en or ciselé. Époque Louis XVI.

121 — Miniature ovale : Portrait de femme. Cadre en or ciselé. Époque Louis XVI.

122 — Miniature ovale : Portrait de jeune fille. Cadre-médaillon en or. Époque Louis XVI.

123 — Miniature ovale : Portrait présumé de la Duchesse du Maine. Cadre-médaillon en or et argent. XVIII siècle.

124 — Miniature ovale : Portrait de jeune femme coiffée d'un bonnet. Cadre en or à perles. Époque Louis XVI.

125 — Miniature ovale : Portrait de femme, avec peigne, garni de perles. Époque Empire.

126 — Miniature ovale : Portrait d'homme. Cadre en bronze ciselé et doré. Époque Louis XVI.

127 — Miniature ronde : Portrait de femme assise, en manteau garni de fourrure. Époque Louis XV.

128 — Miniature ronde : Charlotte au tombeau de Werther. École anglaise. Cadre-médaillon, or.

129 — Miniature rectangulaire : Portrait présumé d'*Elleviou*, jouant de la guitare. Cadre or, à fronton de ruban.

13o — Gouache ronde, attribuée à *Louis Moreau* : Tombeau de J.-J. Rousseau à Ermenonville, avec personnages au premier plan.

131 — Miniature ronde, sur vélin : Sujet allégorique : *Zéphyre et Flore*, attribué à Eisen. Cadre en bronze doré, avec nœud de ruban.

132 — Miniature à l'aquarelle, sur papier, de forme ovale : Portrait présumé de la duchesse de *Devonshire*. Cadre, noir et or. Époque Louis XVI.

133 — Miniature ronde, peinte au vernis, attribuée à Drolling : *Vénus et l'Amour*. Cadre bois doré.

134 — Miniature ovale : *L'Amour désarmé*, d'après A. Kauffmann. Cadre or. Époque Louis XVI.

135 — Chiffre en or, découpé et gravé, dans un médaillon ovale de même matière. Époque Louis XVI.

136 — Miniature ovale : Portrait de jeune femme, en corsage rayé et ruban dans la chevelure. Époque Empire.

137 — Boucle de ceinture, formée de deux médaillons ovales, avec miniatures : *Serment d'amour* et *Concert champêtre*. Cadre en or ciselé et monture argent. Époque Louis XVI.

138 — Miniature rectangulaire, peinte au vernis, attribuée à Deveria. Époque Restauration.

139 — Miniature ovale, sur vélin : Portrait présumé du roi René.

140 — Miniature ronde : Portrait d'homme. Cadre en or. Époque Directoire.

141 — Miniature ovale, peinte en émail : Portrait de femme. Époque Restauration.

142 — Miniature ovale : Portrait de femme en costume Régence.

143 — Grande miniature ovale, avec écoinçons, sur vélin : Portrait de femme. Signée et datée : *J. Helsmford* 1833. Cadre noir et or.

144 — Miniature, peinte sur cuivre : La Vierge, entourée d'une inscription latine. XVIIᵉ siècle.

145 — Bonbonnière ronde en écaille brune. Sur le dessus, miniature ovale : Portrait d'homme. Époque Louis XVI.

146 — Bonbonnière ronde en écaille brune, posée d'or. Sur le dessus, miniature par Charlier : Vénus aux Colombes. Époque Louis XVI.

147 — Bonbonnière ovale en écaille brune, montée et cerclée d'or guilloché. Sur le dessus, miniature ovale : Portrait de femme, dans le genre de Rosalba. Au revers, chiffre en or.

148 — Bonbonnière ronde en vernis Martin, galonnée d'or. Sur le dessus, miniature ovale : Portrait de femme, orné de pierreries. Époque Louis XVI.

149 — Bonbonnière ronde en poudre d'écaille. Sur le dessus, miniature ronde : Portrait de *Nelson*.

150 — Bonbonnière ronde en Pomponne. Sur le dessus, médaillon ovale : Portrait du Duc de Penthièvre. Époque Louis XVI.

151 — Bonbonnière ovale en écaille brune, sur le dessus ; miniature ovale : Portrait présumé de Mme *de Prie*, d'après Vanloo.

152 — Bonbonnière ovale en écaille brune. Sur le dessus, miniature ovale : Portrait de femme en corsage bleu et bonnet de dentelle. Époque Louis XVI.

153 — Bonbonnière ronde garnie d'écaille. Sur le dessus, miniature ronde : Portrait de femme, attribué à Aubry. Ier Empire.

154 — Bonbonnière ronde en vernis Martin, cerclée d'or. Sur le dessus, miniature ronde : Jeune femme ôtant et remettant son masque. Intérieur doublé en paille. Époque Louis XVI.

155 — Bonbonnière ronde en ivoire ouvrant à charnières en argent. Sur le dessus, miniature ronde : Sainte Madeleine.

156 — Bonbonnière ronde en ivoire cerclée d'or guilloché. Sur le dessus, miniature ovale : Portrait de femme. Époque Louis XVI.

157 — Bonbonnière ronde en poudre d'écaille bleue, posée d'étoiles d'or. Époque Louis XVI.

158 — Bonbonnière ronde en écaille blonde, posée de pois en or. Époque Louis XVI.

159 — Bonbonnière ronde en marbre griotte garnie d'or. Sur le dessus, médaillon rond en mosaïque : Perroquet.

160 — Tabatière oblongue en nacre, montée à cage en argent. Epoque Louis XVI.

161 — Bonbonnière ronde en écaille brune, garnie or sur le dessus, miniature ronde : Portrait de femme en costume masculin. Commencement du xixe siècle.

162 — Drageoir en écaille brune, garnie argent. Epoque Régence.

163 — Bonbonnière ronde en vernis Martin aventuriné, cerclée d'or. Sur le dessus, miniature ovale : Portrait de jeune femme. Epoque Louis XVI.

164 — Bonbonnière ovale en écaille brune, garnie d'or. Sur le dessus, miniature ovale, à la gouache : Portrait de femme avec son chien (Madame Helvétius), attribué à C. Hoin.

165 — Bonbonnière ronde en porphyre, garnie d'or. Sur le dessus, médaillon ovale en émail sur or, figurant la Musique. Epoque Louis XVI.

166 — Bonbonnière ronde à surprise : La lanterne magique. Epoque Restauration.

167 — Environ vingt cadres ou cercles à miniature, en bois, cuivre, ou or, d'époque Louis XVI, ou autre. (Sera divisé).

OBJETS DE CURIOSITÉ

MEUBLES ANCIENS, ETC.

168 — Etains anciens : Plats, sucrier, coquetier, salière, moutardier, choppes, etc., des xviie et xviiie siècles.

169 — Flambeaux en cuivre, des xvie et xviiie siècles.

170 — Fontaine-applique en cuivre rouge — réchaud et sa bouillotte — clochette. xviiie siècle.

171 — Sucrier en cristal taillé. Empire.

172 — Deux cartels porte-montre en bois sculpté, dont l'un doré. xviiie siècle.

173 — Paire de pistolets garnis argent. Époque Louis XV.

174 — Boîte à tric-trac et jeux divers. xviiie siècle.

175 — Rabot en bois Louis XV.

176 — Lorgnette en cuivre doré et nacre dans son écrin en maroquin ; autre plus petite, autre pliante. Trois pièces.

177 — Lorgnette anglaise en argent et vernis Martin ; écrin en maroquin. Époque Louis XVI.

178 — Très petit violon ancien, avec son archet.

179 — Éventail à surprise en bois de rose et ivoire. xviiie siècle.

180 — Étui peint au vernis. Époque de la Restauration.

181 — Étui à godets en ivoire pour miniaturiste. xviiie siècle.

182 — Écrin en maroquin, renfermant huit jetons en cuivre pour le jeu de l'écarté.

183 — Volange (Pièces sur l'acteur) : terre cuite le représentant dans la pièce : *Les Battus paient l'amende*. — Gravure encadrée, représentant le même personnage dans le même rôle ; lanterne que portait l'acteur dans ce rôle. Trois pièces intéressantes sur le théâtre.

184 — Montre d'homme à sonnerie en or, avec sa clé. Époque Empire.

185 — Cuillère en ancienne porcelaine de Saxe, décorée de fleurs.

186 — Cuillère à nécessaire en argent. XVIIIᵉ siècle.

187 — Étui à cire en vermeil, époque Louis XVI ; écrin en maroquin.

188 — Secrétaire en acajou, à colonnettes. Époque Louis XVI.

189 — Table de nuit en acajou. Époque Louis XVI.

190 — Table à trois tiroirs et tablette en acajou. Dessus de marbre et galerie de cuivre. Époque Louis XVI.

191 — Objets omis au présent Catalogue.

RED. :

20

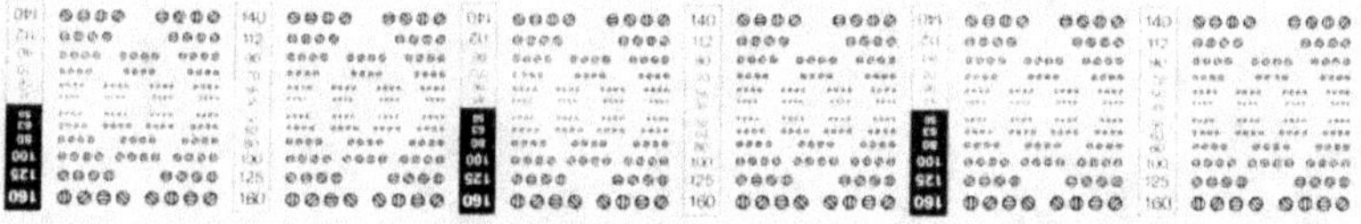

0 1 2 3 4 5 6 7 8 9 10

BIBLIOTHEQUE NATIONALE DE FRANCE

****

CHATEAU DE SABLE

1996

9 782329 252681